AF312516

CATALOGUE

DES

TABLEAUX

ET DESSINS

Par Feu

A. R. VERON

DONT LA VENTE, PAR SUITE DE DÉCÈS, AURA LIEU

HOTEL DROUOT, SALLE N° 6

Les Jeudi 3 et Vendredi 4 Juin 1897

à deux heures et demie

COMMISSAIRE-PRISEUR	EXPERT
Mᵉ MAURICE DELESTRE	M. PAUL DÉTRIMONT
5, rue Saint-Georges, 5	35, avenue de l'Opéra, 35

Chez lesquels se trouve le Catalogue.

EXPOSITION PUBLIQUE

Le Mercredi 2 Juin 1897, de 1 h. 1/2 à 5 h. 1/2

CONDITIONS DE LA VENTE

Elle sera faite au comptant.

Les acquéreurs payeront *cinq pour cent* en sus des adjudications.

Paris. Imprimerie de l'Art, E. Moreau et Cⁱᵉ, 41, rue de la Victoire.

Le peintre A. R. Veron, dont une
vente posthume va montrer prochaine-
ment au public un ensemble d'œuvres
considérable, n'a guère été connu, de
son vivant, en tant que paysagiste du
moins, que de ses confrères exposants
comme lui aux Salons de Paris, et de
quelques amateurs avec lesquels il était
directement en relations.

Il n'est donc que juste de lui con-
sacrer ici le souvenir qu'il mérite par
son caractère et son talent.

Veron (Alexandre-René), qui est mort
à Paris le 7 avril 1897, était né à Montbazon, près de Tours, le 11 janvier 1826.
Son père, mécanicien habile, se proposait
de lui faire suivre la même carrière que
lui; mais l'enfant avait un goût inné et

des dispositions très réelles pour le dessin, qui se manifestèrent de bonne heure, à l'école mutuelle, la seule école qu'il lui ait été donné de fréquenter. Comme beaucoup d'hommes du reste, qui n'ont passé que par elle, il n'en sut pas moins à force d'énergie et de travail se faire une instruction spéciale et sérieuse, aussi solide qu'étendue.

Il y eut entre le père et le fils des discussions assez vives à propos du choix d'un métier, mais le jeune Veron persista dans ses idées, si bien qu'à seize ans il commençait déjà à gagner quelque chose avec son crayon. Ses amis lui ont souvent entendu raconter par la suite avec quel plaisir, étant encore écolier, il vendait à ses petits camarades des dessins « où figuraient beaucoup de personnages ».

Tout jeune encore, il fut admis au Salon. En 1848, il exposait un *Intérieur de grange à Marlotte ;* la forêt de Fontainebleau, d'ailleurs, allait devenir pour lui une source féconde de motifs, et l'on peut dire qu'il en a reproduit les principaux sites pendant les dix premières années de sa laborieuse carrière d'abord et ensuite à diverses reprises jusqu'à la fin de sa vie.

En 1887, il exposait encore, mais pour la dernière fois ; ses deux envois à la peinture représentaient : *le Vieux Parc à Valjenceuse* et *le Vieux Parc à Mont-l'Evêque,* près de Senlis.

Comme la forêt de Fontainebleau, les environs de Paris, les départements de Seine-et-Oise, de l'Oise, de la Somme et de l'Ain avaient été de sa part l'objet de nombreuses et périodiques visites d'où il avait rapporté les précieuses études qui lui servirent à composer la plupart des tableaux qui figurent dans la vente actuelle, sans parler de ceux qu'il a vendus aux amateurs et qu'on retrouve dans leurs cabinets, accrochés à côté d'œuvres de Diaz, de Théodore Rousseau, de Daubigny, de Jules Dupré, de Lambinet et autres.

En 1872, année où il exposa *La première gelée* et *le Soir, Bords du Morin*, l'État lui acheta cette dernière toile qui est aujourd'hui au musée de Lyon ; tandis que l'autre, *la Première Gelée*, était acquise par Mme la baronne de Rothschild.

Le musée de Saint-Étienne possède aussi deux de ses œuvres.

Il fut deux fois mentionné au Salon de Paris et remporta de nombreuses médailles dans les expositions de province et de l'étranger : des médailles d'argent à Rouen et à Saint-Étienne ; des médailles d'or à Amiens et à Paramé ; une médaille de bronze et un diplôme d'honneur à Philadelphie.

Bien que depuis dix ans il se soit complètement abstenu de prendre part aux Salons, parce que sans doute il n'y rencontrait pas l'accueil auquel il avait droit, il n'en continuait pas moins à travailler avec persévérance, et aussi avec succès auprès des amateurs.

C'était un indépendant et un solitaire; d'un esprit très gai, fin et primesautier, il était volontiers caustique et railleur, et, s'il entendait très bien la plaisanterie pour son compte, il est à croire qu'il blessa parfois certains amours-propres trop irritables ; de là peut-être les difficultés et les déceptions qui l'éloignèrent des courants artistiques habituels et le firent se renfermer dans un cercle assez restreint d'anciens camarades où l'on discutait d'art en toute liberté et où l'on se rappelait avec plaisir les souvenirs du temps passé.

Sa modestie naturelle, le peu de bruit qu'il fit et fit faire autour de son nom, sa longue retraite loin du mouvement de l'art d'aujourd'hui expliquent suffisamment pourquoi avec un talent très personnel, très sincère dans l'expres-

*

sion de la réalité, toujours vrai et quelquefois poétique dans l'interprétation de la nature, Alexandre Veron n'est encore connu et apprécié que d'une élite de connaisseurs.

Ce paysagiste qui tient, malgré tout, un bon rang parmi les représentants de notre école française contemporaine, a fait quelques élèves aujourd'hui décorés, hors concours et membres du jury. Quant à lui, comme quelques-uns de nos grands maîtres, il fut simplement élève de la nature ; car on ne saurait le considérer comme l'élève du peintre-restaurateur, très distingué, du reste, Honoré-Gaspard Delaroche, avec lequel il travailla et dont il avait épousé la fille.

Aug. Dalligny.

DÉSIGNATION

OEUVRES

DE FEU

A. R. VERON

1 — *La Seine, à Chatou.*

Signé à droite, 1884.

Toile. Haut., 1 m. 30 cent.; larg., 1 m. 94 cent.

2 — *Fin avril, à Asnières.*

Signé à gauche, 1882.

Toile. Haut., 1 m. 30 cent.; larg., 1 m. 94 cent.

(Salon, 1882.)

3 — *Soleil couchant, à Argenteuil.*

Signé à gauche, 1885.

Toile. Haut., 1 m. 30 cent.; larg., 1 m. 94 cent.

4 — *Inondation de Saint-Rambert.*

Signé à droite, 1865.

Toile. Haut., 1 m. 3o cent.; larg., 1 m. 94 cent.

(Salon, 1865.)

5 — *Bords de l'Oise, à Auvers.*

Signé à droite, 1868.

Toile. Haut., 1 m. 15 cent.; larg., 1 m. 94 cent.

6 — *Bords de la Seine, à Jeufosse.*

Signé à droite.

Toile. Haut., 1 m. 15 cent.; larg., 1 m. 94 cent.

7 — *Bords de la Seine, aux Andelys.*

Signé à droite, 1865.

Toile. Haut., 1 m. 3o cent.; larg., 1 m. 94 cent.

8 — *Le Soir, à Saint-Rambert-en-Beugery.*

Signé à gauche, 1869.

Toile. Haut., 1 m. 3o cent.; larg., 1 m. 94 cent.

9 — *Le Chemin des châtaigniers, à Asny.*

Signé à droite, 1867.

Toile. Haut., 1 m. 3o cent.; larg., 1 m. 94 cent.

10 — *Pommiers en fleurs, à Senlis (Oise).*

> Signé à droite.

>> Toile. Haut., 1 m. 16 cent.; larg., 81 cent.

11 — *Le long rocher, à Fontainebleau.*

> Signé à gauche, 1873.

>> Toile. Haut., 1 m. 16 cent.; larg., 81 cent.

12 — *Baie de la Somme, à Saint-Valery.*

> Signé à gauche, 1870.

>> Toile. Haut., 1 m. 16 cent.; larg., 63 cent.

13 — *Parc du Brouillard, à Senlis.*

> Signé à droite.

>> Toile. Haut., 1 m. 16 cent.; larg., 90 cent.

14 — *Boulogne-sur-Mer.*

> Signé à droite.

>> Toile. Haut., 1 m. 16 cent.; larg., 81 cent.

15 — *La Viosne, parc de Butagny, près Pontoise.*

> Signé à gauche.

>> Toile. Haut., 1 m. 16 cent.; larg., 81 cent.

16 — *Bords de l'Oise, à Pontoise.*

Signé à droite.

Toile. Haut., 1 m. 16 cent.; larg., 81 cent.

17 — *Bords de la Seine, à Jeufosse.*

Signé à gauche, 1874.

Toile. Haut., 1 m. 16 cent.; larg., 81 cent.

18 — *Bains de Capecure, à Boulogne-sur-Mer.*

Signé à droite.

Toile. Haut., 1 m. 16 cent.; larg., 81 cent.

19 — *Argenteuil.*

Signé à droite.

Toile. Haut., 1 m. 16 cent.; larg., 81 cent.

20 — *Boulogne-sur-Mer.*

Signé à gauche.

Toile. Haut., 1 m. 16 cent.; larg., 81 cent.

21 — *Boulogne-sur-Mer.*

Signé à droite.

Toile. Haut., 1 m. 16 cent.; larg., 81 cent.

22 — *Le chemin Chevalerie, à Auvers.*

Signé à gauche.

Toile. Haut., 1 m. 16 cent.; larg., 89 cent.

23 — *Les roches de Châtillon, à Boulogne.*

Signé à gauche.

Toile. Haut., 92 cent.; larg., 73 cent.

24 — *Fontainebleau.*

Signé à gauche, 1891.

Toile. Haut., 92 cent.; larg., 73 cent.

25 — *Parc de Senlis.*

Signé à gauche.

Toile. Haut., 92 cent.; larg., 73 cent.

26 — *Chemin des Bains, à Saint-Valery-sur-Somme.*

Signé à gauche.

Toile. Haut., 73 cent.; larg., 92 cent.

27 — *Morte-Fontaine.*

Signé à droite.

Toile. Haut., 73 cent.; larg., 92 cent.

28 — *Le bas Bréau, à Fontainebleau.*

Signé à gauche.

Toile. Haut., 92 cent.; larg., 73 cent.

29 — *Environs de Rouen.*

Signé à gauche.

Toile. Haut., 65 cent.; larg., 92 cent.

30 — *Bords du Loing, à Gretz.*

Signé à gauche.

Toile. Haut., 65 cent.; larg., 92 cent.

31 — *Fontainebleau, mare aux fées.*

Signé à gauche.

Toile. Haut., 61 cent.; larg., 92 cent.

32 — *Effet de neige, à Marlotte.*

Signé à droite.

Toile. Haut., 61 cent.; larg., 92 cent.

33 — *Bords de la Meuse.*

Signé à droite.

Toile. Haut., 61 cent.; larg., 81 cent.

34 — *Vue de Montbazon.*

Signé à gauche, 1890.

Toile. Haut., 61 cent.; larg., 81 cent.

35 — *Gorge aux Loups, Fontainebleau.*

Signé à gauche, 1895.

Toile. Haut., 73 cent.; larg., 59 cent.

36 — *Bords de l'Indre, à Montbazon.*

Signé à gauche, 1896.

Toile. Haut., 53 cent.; larg., 73 cent.

37 — *L'Étang de Nau.*

Signé à gauche, 1896.

Toile. Haut., 59 cent.; larg., 73 cent.

38 — *Nid de l'Aigle, Fontainebleau.*

Signé à droite, 1895.

Toile. Haut., 73 cent.; larg., 59 cent.

39 — *Paysage des Ardennes.*

Signé à droite, 1896.

Toile. Haut., 73 cent.; larg., 59 cent.

40 — *Charenton.*

Signé à gauche, 1896.

Toile. Haut., 73 cent.; larg., 59 cent.

41 — *Les bords de la Seine, à Antiz.*

Signé à gauche, 1892.

Toile. Haut., 73 cent.; larg., 59 cent.

42 — *Crécy-sur-Morin.*

Signé à gauche.

Toile. Haut., 73 cent.; larg., 59 cent.

43 — *Chemin à Montigny-sur-Loing.*

Signé à gauche, 1895.

Toile. Haut., 73 cent.; larg., 59 cent.

44 — *Les vieux fossés, à Brie-Comte-Robert.*

Signé à droite, 1896.

Toile. Haut., 73 cent.; larg., 59 cent.

45 — *Bords du Loing, à Montigny.*

Signé à droite, 1895.

Toile. Haut., 59 cent.; larg., 73 cent.

46 — *Bords de la Marne, à Charenton.*

Signé à gauche, 1896.

Toile. Haut., 59 cent.; larg., 73 cent.

47 — *Un Lavoir au bord de l'Indre.*

Signé à droite, 1896.

Toile. Haut., 59 cent.; larg , 73 cent.

48 — *Bords de rivière (Ardennes).*

Signé à droite, 1896.

Toile. Haut., 59 cent.; larg., 73 cent.

49 — *Vieux fossés, à Brie-Comte-Robert.*

Signé à gauche, 1896.

Toile. Haut., 59 cent.; larg., 73 cent.

5o — *Les Ardennes, à Château-Regnault.*

> Signé à droite, 1896.

> > Toile. Haut., 59 cent.; larg., 73 cent.

51 — *Mézières-en-Vexin.*

> Signé à gauche, 1895.

> > Toile. Haut., 73 cent.; larg., 59 cent.

52 — *Nemours.*

> Signé à droite, 1896.

> > Toile. Haut., 73 cent.; larg., 59 cent.

53 — *Bords du Loing, à Gretz.*

> Signé à gauche, 1896.

> > Toile. Haut., 73 cent.; larg., 59 cent.

54 — *Gorge aux Loups, à Fontainebleau.*

> Signé à gauche, 1895.

> > Toile. Haut., 54 cent.; larg., 73 cent.

55 — *Anciennes Buttes-Chaumont.*

> Signé à gauche, 1896.

> > Toile. Haut., 54 cent.; larg., 73 cent.

56 — *Canal de l'Ourcq.*

> Signé à droite, 1895.

> > Haut., 54 cent.; larg., 73 cent.

57 — *Bords de l'Indre.*

Signé à gauche, 1895.

Toile. Haut., 54 cent.; larg., 73 cent.

58 — *Forêt de Fontainebleau.*

Signé à gauche, 1891.

Toile. Haut., 54 cent.; larg., 73 cent

59 — *Brie-Comte-Robert.*

Signé à droite, 1895.

Toile. Haut., 54 cent.; larg., 73 cent.

60 — *Bords du Loing.*

Signé à droite, 1895.

Toile. Haut., 54 cent.; larg., 73 cent.

61 — *Moulin aux Buttes-Chaumont, en 1846.*

Signé à gauche, 1895.

Toile. Haut., 54 cent.; larg., 73 cent.

62 — *Brie-Comte-Robert.*

Signé à droite, 1895.

Toile. Haut., 54 cent.; larg., 73 cent.

63 — *Étretat.*

Signé à gauche, 1895.

Toile. Haut., 54 cent.; larg., 73 cent.

64 — *Sèvres en 1851.*

Signé à gauche, 1896.

Toile. Haut., 54 cent.; larg., 73 cent.

65 — *Étretat.*

Signé à droite, 1895.

Toile. Haut., 54 cent.; larg., 73 cent.

66 — *Bords de l'Indre, à Montbazon.*

Signé à gauche, 1895.

Toile. Haut., 54 cent.; larg., 73 cent.

67 — *Vegnier-sur-l'Indre.*

Signé à gauche, 1896.

Toile. Haut., 54 cent.; larg., 73 cent.

68 — *Cour de ferme, en Brie.*

Signé à gauche, 1891.

Toile. Haut., 54 cent.; larg., 73 cent.

69 — *Effet de neige, à Ecouen.*

Signé à gauche, 1892.

Toile. Haut., 54 cent.; larg., 73 cent.

70 — *Bords de la Marne.*

Signé à droite, 1892.

Toile. Haut., 54 cent.; larg., 73 cent.

71 — *Le Cabaret de Charenton.*

Signé à droite, 1895.

Toile. Haut., 54 cent.; larg., 73 cent.

72 — *Le Village Vegnier, à Montbazon.*

Signé à gauche, 1896.

Toile. Haut., 54 cent.; larg., 73 cent.

73 — *Le Pont de Montbazon (Indre).*

Signé à droite, 1896.

Toile. Haut., 54 cent.; larg., 73 cent.

74 — *Bords de la Meuse, à Château-Regnault.*

Signé à gauche, 1896.

Toile. Haut., 54 cent.; larg., 73 cent.

75 — *Bords de la Seine, à la Roche-Guyon.*

Signé à droite, 1895.

Toile. Haut., 54 cent.; larg., 73 cent.

76 — *La Sennoy, à Navan (Ardennes).*

Signé à droite, 1895.

Toile. Haut., 54 cent.; larg., 73 cent.

77 — *Le Déluge, forêt de Fontainebleau.*

Signé à gauche, 1895.

Toile. Haut., 54 cent.; larg., 73 cent.

78 — *Bords de l'Indre, à Vegnier.*

Signé à gauche, 1891.

Toile. Haut., 54 cent.; larg., 73 cent.

79 — *Le Viaduc de Nogent-sur-Marne.*

Signé à gauche.

Toile. Haut., 54 cent.; larg., 73 cent.

80 — *Coucher de soleil sur la Marne.*

Signé à gauche, 1895.

Toile. Haut., 54 cent.; larg., 73 cent.

81 — *Les Bords du Loing.*

Signé à gauche, 1892.

Toile. Haut., 54 cent.; larg., 73 cent.

82 — *Bords de l'Indre, à Montbazon.*

Signé à gauche, 1896.

Toile. Haut., 54 cent.; larg., 73 cent.

83 — *Bords de la Marne, à Nogent.*

Signé à droite, 1895.

Toile. Haut., 54 cent.; larg., 73 cent.

84 — *Le Gros Chêne, près Montbazon.*

Signé à droite, 1895.

Toile. Haut., 54 cent.; larg., 73 cent.

85 — *Fontainebleau.*

Signé à droite, 1895.

Toile. Haut., 54 cent.; larg., 73 cent.

86 — *Coucher de soleil, à Brie-Comte-Robert.*

Signé à droite, 1896.

Toile. Haut., 49 cent.; larg., 73 cent.

87 — *Brie-Comte-Robert.*

Signé à droite, 1896.

Toile. Haut., 49 cent.; larg., 73 cent.

88 — *Bords de l'Oise, près Auvers.*

Signé à droite, 1891.

Toile. Haut., 49 cent.; larg., 73 cent.

89 — *Abreuvoir dans l'Indre.*

Signé à droite, 1895.

Toile. Haut., 49 cent.; larg., 73 cent.

90 — *Montbaẓon (Indre-et-Loire).*

Signé à gauche.

Toile. Haut., 49 cent.; larg., 73 cent.

91 — *Bords du Loing, à Gretẓ.*

Signé à droite, 1892.

Toile. Haut., 49 cent.; larg., 73 cent.

92 — *Entrée de village (Ardennes).*

Signé à droite, 1895.

Toile. Haut., 49 cent.; larg., 73 cent.

93 — *Bords de la Sennoy (Ardennes).*

Signé à droite.

Toile. Haut., 49 cent.; larg., 73 cent.

94 — *Moulin d'Orgemont.*

Signé à gauche.

Toile. Haut., 46 cent.; larg., 73 cent.

95 — *Viaduc de Nogent-sur-Marne.*

Signé à gauche.

Toile. Haut., 46 cent.; larg., 73 cent.

96 — *Effet d'orage, dans l'Oise.*

Signé à drcite, 1873.

Toile. Haut., 44 cent.; larg., 72 cent.

97 — *Nemours.*

Signé à droite, 1886.

Toile. Haut., 38 cent.; larg., 55 cent.

98 — *Effet de neige.*

Signé à gauche, 1892.

Toile. Haut., 38 cent.; larg., 55 cent.

99 — *Effet de neige, à Auvers.*

Signé à gauche, 1892.

Toile. Haut., 38 cent.; larg., 55 cent.

100 — *Nemours.*

Signé à droite, 1896.

Toile. Haut., 38 cent.; larg., 55 cent.

101 — *Bords du Loing, à Nemours.*

Signé à gauche, 1896.

Toile. Haut., 38 cent.; larg., 55 cent.

102 — *Bords de l'Oise.*

Signé à gauche, 1896.

Toile. Haut., 54 cent.; larg., 73 cent.

103 — *La Grande-Jatte (Courbevoie).*

Signé à gauche.

Toile. Haut., 38 cent.; larg., 55 cent.

104 — *Les longs Rochers (Fontainebleau).*

Signé à droite.

Panneau. Haut., 38 cent.; larg., 55 cent.

105 — *Bords de la Sennoy, à Nohant.*

Signé à droite, 1896.

Toile. Haut., 38 cent.; larg., 55 cent.

106 — *Charenton.*

Signé à droite, 1896.

Toile. Haut., 38 cent.; larg., 55 cent.

107 — *Bords de la Meuse, à Oulme.*

Signé à droite, 1896.

Toile. Haut., 38 cent.; larg., 55 cent.

108 — *Nogent-sur-Marne; printemps.*

Signé à droite, 1897.

Toile. Haut., 38 cent.; larg., 55 cent.

109 — *Forêt de Fontainebleau.*

Signé à droite, 1885.

Toile. Haut., 33 cent.; larg., 55 cent.

110 — *La Meuse, matin, Château-Regnault.*

Signé à droite, 1885.

Toile. Haut., 33 cent.; larg., 55 cent.

111 — *Bords de la Meuse.*

Signé à droite, 1897.

Toile. Haut., 55 cent.; larg., 45 cent.

112 — *Auvers.* –

> Signé à droite, 1897.
>
>> Toile. Haut., 55 cent.; larg., 45 cent.

113 — *Inondation de Saint-Rambert.*

> Signé à gauche.
>
>> Toile. Haut., 39 cent.; larg., 57 cent.

114 — *Bords de la Cure.*

> Signé à gauche, 1885.
>
>> Toile. Haut., 32 cent.; larg., 46 cent.

115 — *La Mare aux Grenouilles (Gennevilliers).*

> Signé à droite.
>
>> Toile. Haut., 32 cent.; larg., 46 cent.

116 — *Parc de Saint-Cloud.*

> Signé à gauche, 1885.
>
>> Toile. Haut., 32 cent.; larg., 46 cent.

117 — *Plateau de la Mare aux Fées (Fontaine-bleau.*

> Signé à gauche.
>
>> Toile. Haut., 32 cent.; larg., 46 cent.

118 — *Environs d'Auvers.*

Signé à droite.

Toile. Haut., 27 cent.; larg., 46 cent.

119 — *La Varenne-Saint-Hilaire.*

Signé à gauche.

Toile. Haut., 27 cent.; larg., 35 cent.

120 — *Le Ruisseau, à Montbazon.*

Signé à gauche, 1892.

Panneau. Haut., 26 cent.; larg., 41 cent.

121 — *Marlotte; effet de neige.*

Signé à gauche, 1892.

Panneau. Haut., 26 cent.; larg., 41 cent.

122 — *Marlotte ; effet de neige.*

Signé à droite, 1892.

Panneau. Haut., 26 cent.; larg , 41 cent.

123 — *La Varenne-Saint-Hilaire.*

Signé à droite, 1893.

Toile. Haut , 27 cent,; larg., 35 cent.

124 — *Le Moūlin.*

Signé à droite.

Panneau. Haut., 27 cent.; larg., 35 cent.

125 — *Le Radoubage (Boulogne).*

Signé à droite.

Toile. Haut., 24 cent.; larg., 32 cent.

126 — *Les Laveuses (Bords du Loing).*

Signé à gauche.

Toile. Haut., 24 cent.; larg., 32 cent.

127 — *Trianon.*

Signé à droite, 1892.

Panneau. Haut., 24 cent.; larg., 32 cent.

128 — *Trianon.*

Signé à droite.

Panneau. Haut., 24 cent ; larg., 32 cent.

129 — *Effet de neige (Brie-Comte-Robert).*

Signé à droite, 1892.

Panneau. Haut., 24 cent.; larg., 32 cent.

130 — *Les Bords de la Marne.*

Signé à droite.

Toile. Haut., 22 cent.; larg., 32 cent.

131 — *Sous Bois.*

Signé à droite.

Toile. Haut., 66 cent.; larg., 92 cent.

132 — *La Varenne-Saint-Hilaire, bords de la Marne.*

Signé à gauche.

Toile. Haut., 27 cent.; larg., 35 cent.

133 — *Dessins.*

(Ce lot sera divisé.)

134 — *Gravures.*

(Ce lot sera divisé.)

RED. :

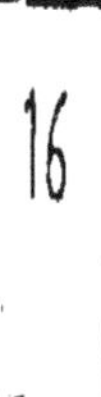

16

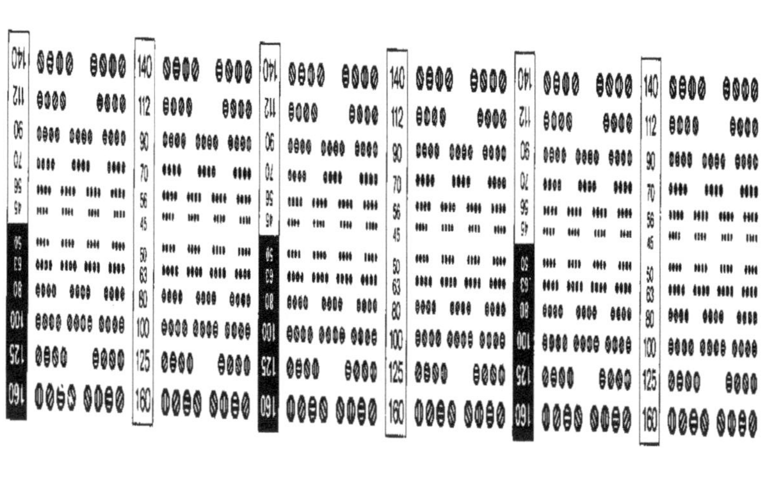

MIRE ISO N° 1
NF Z 43-007
AFNOR
Cedex 7 - 92080 PARIS-LA-DÉFENSE
graphicom

0 1 2 3 4 5 6 7 8 9 10